新潮文庫

ポオ詩集

阿部保譯

新潮社版

996

はしがき

エドガア・アラン・ポオはアメリカの生んだ一人の、――恐らくは最大の鬼才であつた。その天才は不思議な光芒を遙か、フランスの空に曳いて、惡の華の詩人ボオドレエルを生んだ。

エドガア・アラン・ポオは一八〇九年の一月十九日、旅役者の子としてボストンの町に生れた。その傳記を繙く人は誰しも、この詩人の出發がすでに貧困と疲勞と人生の悲哀にくらく閉されているのを見出して、この詩人の暗澹とした一生、また極まりない憂愁の美に溢れている後年の作品を思い合せ、そぞろに奇異の思いを禁じ得ないであろう。一八一一年には、その昔艶麗をうたわれたポオの母が、貧に行きくれて病床に斃れ幼兒にかこまれて、社會の救援を求めなければならない程であつた。

二歳の年に兩親を失つたポオは、幸にしてリチモンドの裕福な煙草輸出業者、ジョン・アランの若い妻の興味をひき、アラン家の養子となつて、エドガア・アラン・ポオと名乘ることとなつた。一八一五年、養父に伴われてイギリスに渡り、イギリスで教育を受けた。學校のあつたのはロンドンの郊外、鬱蒼たる樹木に覆われた並木路のある、靜かな落着いた村落で、その印象はながく彼の忘れ難い思い出となつた。歸米してから後、一八二六年ヴァージニア大學に入つたが、放蕩のために放校された。

すでに詩想はキイツに比すべく
水泳はバイロンを凌ぐと謳われたポオ。

當時の學生の亂醉亂舞の雰圍氣のなかにいて、纖細な神經の持主である彼はふかく斯樣な惡習に染んだのである。一八二七年三月十八日、遂に養父と衝突し、着のみ着のまま家を飛び出してから、悲慘な最後を遂げるまで、遂に落着くことのできなかつた漂泊の生活に入つた。處女詩集を出したのはやはり一八二七年。それから軍隊生活に入つたが、それも長續きせず、追い出された。彼が文筆生活に入つたのは、一八三三年懸賞詩と懸賞小說に應じて、まんまと「瓶の中の原稿」で賞金を得た頃からであろう。彼が可憐な從妹ヴァージニアと結ばれたのは一八三六年のことで、そのとき娘は十四歲ででもあつたろうか。この佳人との戀愛はポオの生涯を貫く、不思議な、深く神祕な情熱となつて、また彼の作品の底を流れている。

一八三九年には「紳士雜誌」の記者となり、九月になると傑作、二卷からなる「グロテスクとアラベスクの物語」が出た。一八四四年、ニューヨークに赴いて、一代の名篇「大鴉」の出たのは四五年、彼の名聲も絶頂に達した。一八四六年、一家はニューヨークの郊外、フォーダムの丘の上のささやかな家に移つた。その家の中に血を吐いたヴァージニアは見る影もなくやつれて、冷い藁蒲團の上、賴りない夫の大きな外套に包まれて寢ていたのである。斯樣な窮乏のなかに四七年、ポオの幼な妻は薄倖の詩人をのこして死んだ。ポオは今まで妻の着ていた外套に身をつつんで、幻の魂をいだいて、ヴァージニアのむくろを墓地に送つていつた。これから彼のボルチモアの病院で哀れな、永久に判らぬ謎となつた最後を遂げるまで、三年の月日は、限りない人生の哀詩にすぎない。悲哀と憂鬱と恐怖……彼の藝術にみられる彩りそのままのなかに、ポオは死んだ。

　ポオの天才のけざやかさは、まことに近代文藝の奇蹟であつた。ポオは近代文藝の諸形式、いま試みに擧げて見るならば、詩、散文詩、短篇小說、探偵小說の夫々《それぞれ》に前人未踏の新しい路を拓いた。かれの描いた世界の烈しい美しさと哀しい韻律は切なく、後世幾多の俊才の心を魅了して止まない。科學と藝術とが不思議に抱擁して、その上に神祕な浪漫世界が描かれているのが、彼の作品である。この不思議な混淆、魅惑は彼の脳髓の祕密に屬しているが故に、我々は彼の細緻な詩論を讀みながら、時ならぬ芳香の漂い、そこにも妖しい夢幻の戯れているのに驚異を禁じ得ないであろう。しかし彼の作品を讀んだ人々は、フランス近代の象徴詩人の群と、ここに混ることの出來ない相違のあることに氣づかれることであろうと思う。それはポオの作品を包む、あの果しれない寂寥の感である。一八四〇年代の、アメリカ大陸の、いだいていた深い孤獨寂寥の思いである。くらい廣漠としたアメリカの文明のなかに咲いた、一輪の不思議な花。

我々が、ポオの詩篇を讀むならば、そのかみのアメリカの洩らした不思議なる哀音を聞くことが出來るであろう。

詳しいことはイングラム「エドガア・アラン・ポオ傳」を參照のこと。

尚ポオの傳記を讀みたい方は昭和十二年八月の「書物展望」に載せた拙稿を讀まれたならば、興味が多いことであろう。

目次

ポオ詩集

大鴉 註一

むかし淒涼の夜半のこと、私がやつれ疲れて、すでに人の忘れた學問の
おかしな珍奇な書物をあまた開いて、思いに耽つていたとき――
まるでうたたねでもするかのように、私が微睡《まどろ》んでいたとき、ほとほとと音が聞えた。
誰かがそつと私の部屋の戸をこつこつと――叩いてでもいるかのように。
「誰だろう、」私は呟いた、「私の部屋の戸を叩いて いる――
それだけだ、何でもない。」

ああ、はつきりと私は思い浮べる、荒涼たる十二月であつた。
消えかかつている燃えさしは夫々に、床に影を描いていた。

私は夜明けをこがれた、――死んだレノア註二の故にこの悲哀《なげき》――
私は悲哀の慰めを本から借りようと、努めたけれど無駄であつた。
類《たぐい》も稀な輝くばかりの乙女よ、天人達はレノアと呼んでいるが
　この世では永遠に名前がない。

深紅《しんく》のとばりの絹の悲しげに定めなくさらさらと鳴る音が、
私をぞつとさせ――私の心をこれまでに覺えたこともない異様な恐
　怖で覆うた。
それで今、私の胸の動悸を靜めようと、私は佇んで繰返した。
「私の部屋の戸を入ろうと懇願している、誰かが、――
私の部屋の戸を入ろうと懇願している、ある夜更けの客が、――
　それだけだ、何でもない。」

程なく私の心は強くなつた、それからもはや躊躇《ためら》うこともなく、
私は言つた、「殿か、夫人か、失禮はお許し下されたい。
實際のところ、私が微睡《まどろ》んでいたときに、あなたは靜かにおとのわ
れた。

いと密やかにあなたは私の部屋の戸をこつこつと――叩かれた。
それ故私はあなたの訪れを聞いたとも言われない程に。」――そこで
　私は戸をあけてはみたが――
　　ただ闇ばかり、何もない。

闇のなかをじつと覗いて、私はしばらくそこに立つていた、怪しみ
　ながら、怯えながら、
疑いながら、これまでに誰一人夢みたこともない夢路に迷うこの思
い、
しかし静寂《しじま》も破られず、ひつそりとして音もない、
そのときに洩れた言葉は「レノア」と囁く聲ばかり、
私がこれをささやけば、木霊《こだま》もひくく呟いた、「レノアよ」と、――
　　その聲ばかり、何もない。

それから部屋に入ると、私の思いは私のうちに燃え上り、
すぐにまた前よりもやや音たかく、ほとほとと叩くのを聞いた。
「恐らく」私が言うのには、「恐らく私の窓の格子に何かがひそむ。

それならば何ものの隠れているか、その妖怪を探してみよう。——
しばらく私の心をおししずめ、その妖怪を探してみよう、——
　風ふくばかり、何もない。」

そこで鎧戸をさつとおし開ければ、はたはたと羽搏いて、
いにしえの神の世にふさわしい、堂々たる大鴉　入りきたる。
大鴉は會釋もしなかつた、一寸も立止まり、じつとしてはいなかつた。
しかし貴族か貴婦人の風采で、私の部屋の戸の上に止まつた。——
きつかり私の部屋の戸の上のパラス註三 の胸像の上に止まつた。—
　止まつて坐つた、何ごともない。

すると漆黒のこの鳥は、嚴しくまた物々しい顏付で、
私の悲しい思いをまぎらして微笑へ誘えば、私はたずねた。
「たとえお前の冠毛は剝がれそがれてはいるけれど、きつと夜の國の磯からさまよい出た
臆病な、いろ青ざめてもの凄い、老いぼれた大鴉ではあるまい、——

夜の、冥府の磯でお前の立派な名前は何と呼ばれるか」

　大鴉はいらえた、「またとない。」註四

この無様《ぶざま》な鳥のこんなに鮮やかに語るを聞いて、いたく私は驚いた、

たといその答えは殆ど意味もなく――また相應しいものではなかつたが、

というのもまだこれまでに誰一人、その部屋の戸の上に

鳥を見る幸をうけたもののなかつたことは言うまでもない――

その部屋の戸の上の刻まれた胸像の上に鳥か獸か、

　その名を聞けば「またとない。」

しかし大鴉はひとり靜かな胸像の上にとまり、

その魂を一言《こと》にこめたごとくに、あの一言を吐いたばかり。

それからは何も言わなかつた、またいささかも羽搏かず――

やがて私は僅かに呟いた、「他の友達はむかし去つていつた――

明日になればあれは私の許を去るだろう、私の希望がむかし去つて

いつように。」
　この時鳥はないた、「またとない。」

こんなにうまく洩れた答えに静けさの破られたのに驚いて、
私は言つた、「疑もなく、鳥の述べた言葉はある不幸な人から聞いて、
忘れ得ないものである、その人に無慈悲な災難は次々に、
續いて起り、やがてその歌の一つの繰返しを添えるまで、
その希望を註五　いたむ挽歌《ひきうた》が、『またと――またとない』という
　陰鬱な繰返しを添えるまで。」

しかし大鴉はなお私のうら悲しい魂をまぎらせて微笑へ誘えば、
私はまつすぐに蒲團椅子を鳥と胸像と戸の前に動かした、
それから天鵞絨の上に身を埋め、それからそれと
空想の糸を辿つた、いにしえのこの不吉な鳥が――
いにしえのこのもの凄い、無様な、いろ青ざめて、やつれた、不吉
　な鳥が、
　「またとない」としわぶくとき何の意味かと考えながら。

これを判じようと私は坐つていたが、しかし一言も呼びかけず、
鳥の火のような目はいま私の胸の奥處《おくが》に燃えついた。
あれやこれやと思いまどいつつ私は坐つていた、私の頭《くび》を安樂に
灯影のしめやかに照らしている蒲團の天鵞絨の裏張によせかけて、
しかし灯影のしめやかに照らしているあの天鵞絨のいろは菫の裏張
　に、
　　あの女の、ああ、凭ることはまたとない。

それから私が思うのに、天人の振る目には見えない香爐から、香は
　のぼり、
空氣は益々濃くなつた、天人の足音は床の絨緞の上に響いた。
「薄命者よ」私は叫んだ、「お前の神はお前にあたえた――これら
　の天使を使にし
彼はお前に送つた、休息を、レノアを思い出しての、愁を忘れる休
　息や憂晴らし。
飲めよ、飲め、ああこのやさしい憂晴らしを、そして死んだレ

ノアを忘れよう。」
　大鴉はいらえた、「またとない。」

「豫言者よ」私は言つた、「魔物よ、――鳥か惡魔か分らぬが、さわ
れ豫言者よ、――
惡魔がお前を送つたのか、狂嵐がお前をこの磯に抛《ほう》り上げたのか、
魔の、この荒《き》びれた國に、わびしくしかも臆せずに
恐怖のうろつくこの郷《さと》に、――まことに告げよと私は願う
ギリアド註六に香油があるか――ないいか、告げよ、――ねがわくは
告げておくれ。」
　大鴉はいらえた、「またとない。」

「豫言者よ」私は言つた、「魔物よ――鳥か惡魔か分らぬが、さわ
れ豫言者よ。
我らを蔽う天上に誓い――我らの崇める神に誓い――
悲哀を荷うこの魂に告げよ、遠いエデンの苑で、
天人達のレノアと呼んでいる聖なる乙女を、

天人達のレノアと呼んでいる類《たぐい》も稀な輝くばかりの乙女を抱き得ようか」。

大鴉はいらえた、「またとない。」

「この言葉を別れの印とせよ、鳥か魔か――。」と私は立上り、叫んだ――

「お前はかえれ、狂嵐と夜の冥府の磯にかえれ、
お前の魂が語つたまどわしの名殘に、いささかも黑羽を殘すなよ、
私の寂寥を亂すな、――私の戸の上の胸像を去れ、
私の心からお前の嘴をぬけ、そしてこの戸からお前の姿を消してくれ。」

大鴉はいらえた、「またとない。」

かくして大鴉は、飛びたたず、じつと止まつている――じつと止まつている、
私の部屋の戸の眞上のパラスの青ざめた胸像の上に、
彼の瞳はさながらに夢みている惡魔のよう、

そして灯影は大鴉の上に流れその影を床に投げている。
そして私の魂が床に浮んでいる影から、
　脱れることも――またとあるまい。

註一　The Raven　ポオの最有名の詩。この詩は初め一八四五年一月二十九日のニューヨーク「夕刊鏡新聞」に發表された。ポオの詩論によると、最初は鴉でなくて鸚鵡が使つてあつたと言う。

註二　Lenore　とは誰ぞ。大鴉に歌われたレノアは一八四一年の頃、肺を病んで恢復の望のなかつた妻のことだと言われている。

註三　Pallas　ギリシャの知識と軍旅の女神。

註四　Nevermore　古來有名な繰返し。獨のエッツェル、大鴉の譯に際して、この音調を移すのに苦心のはて、Nie du Tor と譯した。

註五　his Hope　意中の人の死をいたむ。

註六　Gilead　はパレスタインの山。

夢の夢 註

その眉にこの接吻《くちつけ》を受け給え。
今あなたとお別れするにあたり、
これだけ言わせて載きます――
あの頃は夢だつたと考えられても
間違いではないのです。
さりとて希望が
ある夜ある日に、
幻やうたかたと消えたとて、
それ故に、愈徒《あだ》い夢にすぎまいか。
我々が見たり、見えたりするものはみな
夢の夢にすぎません。
私は寄せ波のくだける磯の
轟きの中に立つている、

そして私は手の中に
黄金の砂をいく粒、握つている——
ほんの少し。しかしそれらはどんなに
私の指の間から海へ這い落ちることであろう、
私が涙を流し泣いていれば。
ああ、神よ、私はもつとしつかり
摑むことはできませぬか。
ああ、神よ、私はその一粒、無情の波から
救えませぬか。
我々の見たり、見えたりするものはみな
夢の夢にすぎませぬか。

註　A Dream within A Dream　一八二七年。

ヘレンに 註一

麗わしのヘレンのきみはさながらに
いにしえのニケアの小舟註二 のように思われる。
遙々と薫いかおれる海の上、
つかれ、旅にやつれた人を乗せ
ふるさとの磯へ運んだという小舟よ。

憂世の波に長い間さまよい疲れた私を
あなたのヒヤシンス註三 の髪の毛と、雅《みやび》な顔と、
あなたのナイアド註四 めいた趣は
いにしえのギリシャの光り
いにしえのローマの栄えに、つれかえる。

ご覽、向うの明るい窓の壁龕《へきがん》に
どんなにあなたは像のように立つていることであろう。
瑪瑙《めのう》のランプを手にして
ああ、浄らかな郷《くに》から、
現われたというサイキィ註五 よ。

註一 To Helen 一八三一年の作。この詩はポオが少年の頃、學友の母で孤兒のポオに慈愛を施したジェン・スティシ・スタナード夫人に對する愛情を優雅な詞章で述べたもの。この女は突然發狂してはかなくなつてしまつたので、ポオは烈しい憂鬱に襲われ、雨の日も風の日も夫人の墓を訪れて、夜もすがら墓地を彷徨い歩いていたと言う。

註二 Nicean barks は諸説のあるところで、獨のエッツェルは Nikäischem Boot と譯している。

註三 hyacinth ポオの小説「リジーア」のなかに「潔白な象牙を欺く皮膚、凛《りん》とした廣さと纏まり、顳顬《こめかみ》の上の部分のふくよかな凸出、そして『風信子《ハイヤシンシ》の如き』と云うホオマアの言葉の意味をそつくり示した、鳥のように黑い、つややかな、房々した、自然に縮れた髮の毛！」という一節がある。

註四　Naiad ギリシャ神話の水の精。

註五　Psyche ギリシャ神話の美少女で、その名は靈魂を意味する。サイキィは夜毎に訪れるキュピッドの眠れる姿を見て、その美容に驚き誤つて手にしていたランプの油をその肩に落したのでキュピッドは目を覺して逃げ去り再びサイキィを訪れなくなつた。

海中の都市 註一

見よ！　死の神は王座をしつらえた
薄暗い西方のはるか波の底に
ひとり横たわる不思議な市《まち》に、
そこは善人と悪人と、最悪のものと最善のものと
永遠の憩いにつくところ、
そこは社《やしろ》と王宮と塔が
この世のものとはいささかも似ていない。
（年ふりながら、震えない塔よ）
あたりには、波を立てる風も落ち
空の下に死んだように
陰鬱な潮がひろがる。

一すじの光も天上からは、
夜の長いこの都の上には差してこない。
しかし青白い海からのぼる光は
ひつそりと小塔の上に流れる――
煌いているのは遠く自由な塔の上――
また圓蓋や――尖塔や――王者の廣間――
寺院の上や――バビロンめいた註二 城壁の上、――
彫られた蔦や石彫の花の影さえ
朦朧《ぼんやり》と、久しく忘れられていた四阿《あずまや》の上、――
また夥しく怪しい社の上を照らせば
その花環のようにしつらえた小壁《ふりいず》は
六絃琴と菫と蔓をからませている。

空の下に死んだように
陰鬱な潮がひろがる。
そこに小塔ともの影は混り合い
一切は中空に垂れているかのよう、

またその町に聳える塔からは
死の神が巨人のように見下している。

寺院はひらき口あけた墳墓は
煌めく波と同じ高さに欠伸《あくび》をしている。
しかし夫々の偶像のダイヤモンドの目のなかには
財寶の影は見えない――
華やかに寶石をまとうた死者は
その褥《しとね》から水も誘わず
ああ、漣もたたない。
鏡のような海原の上――
波のうねりは遠く幸いな海の上にも
風がおこるとは語らない――
波のふくらみは穏かに澄みわたつた海の上にも
風があつたとは仄めかさず。

しかし御覽、空の亂《みだ》れ、

波が——騒めいている。
さながらに塔がわずかに沈んで、
どんよりとした潮を押しやつたかのよう——
あたかも塔の頂きが膜のような空に
かすかに裂け目をつくつたかのよう。
いまや波は赤く光る——
時間は微かにひくく息ずいている——
この世のものとも思われぬ呻吟のなかに
都會のだんだんと沈んでゆくとき
地獄は、一千の王座から立上り、
この都に敬禮《いや》を拂え。

註一 The City in the Sea この詩は「非運の町」という題で一八三一年版に現われた。死者の國を扱つた不氣味な想像詩。シェリの影響がある。

註二 Babylon-like 神の怒にふれて亡んだと言う惡の都、バビロン。

死美人 註一

六月の、眞夜中のこと
私は不思議な月の下に立つていた。
痲酔させるような靄が、しつとりと朧《おぼろ》に、
その黄金の邊《へり》からたち、
靜かな山の頂きに
しとしとと柔かにしたたり落ちて
ひろい谷間に
ものうげにまた調べよく忍びいる。
迷迭香《まんねんろう》註二は墓の上にうなずき、
百合は波の上にうなだれる。
その胸のまわりに霧蔽い
廢墟は憩いのうちに朽ち崩れる。

眺むれば湖水はレテの川註三のよう、
眠ろうと思いうとうとしているように見える。
そしてまたと覺めることはないだろう。
すべて美しきものは眠る——それ故にあれ、
アイリイニ註四は運命の神とともに眠れるところ
（み空に向い開きたる、女の窓の戸　あわれなるかな）

ああ、輝かしい婦人よ、この窓の
夜空に向い開いていることは善くあろか。——
氣ままな微風は、梢から
笑いながら格子をすべり落ち——
形のない微風、魔法使の一群は、
そなたの部屋に出たり入つたり、
氣まぐれに——また恐ろしく——
とばり天蓋を搖つている。
その下にお前の微睡《まどろ》んでいる魂のかくれ臥す
とじて總《ふさ》ある眼瞼《まぶた》の上に、

それ故に床の上やら壁の下
まるで亡靈のようにその影は明滅し
ああ、懷しい婦人よ、お前は怖れないのか
何故にまた何をお前は夢みているか、
きつとお前は遙かな海を渡り來て、
これら庭の木々には驚きの種であろう、
珍らしいのはお前の顏の蒼白さ——お前の衣裳の珍らしさ——
とりわけて、珍らしいのは、お前の髮の毛のながさ、
またこの嚴かな密やかさ。

婦人はねむる！　ああ、いつまでも續く
彼女の眠りの深くあれよ、
天はその淨らかな處にかくまえよ、
この部屋はさらに聖なるもの、
この閨《ねや》はさらに陰鬱なものとなつた。
私は神にいのる、永遠に
眼《まなこ》をとじて臥していることを

朦朧と屍衣をつけた幽靈の通りすぎてゆく、間——

戀人よ、女はねむる、ああ、覺めないかぎり
その眠りの深くあれ、
うじも靜かに女のまわりを這えよかし、
遠く朦朧《ぼんやり》と古い森のなか、
彼女のためにたかい納骨堂は戸を開くであろう——
その堂はといえば壯麗な一族の弔いの
紋をつけた墓布の上に、
揚々と幾度となく
黒い翼狀《はね》の扉《と》も搖れた。——
人里をはなれて、さびしい墓場
その門に彼女は幼いころ
無用の石をあまた投げた——
その墓のひびいて鳴る戸から
あわれ、罪の子よ、
うちに呻いているのは死人であると思えばぞっとして

彼女はもう、木靈を立てさせることもせなかつた。

註一 The sleeper この詩は「アイリイニ」の名で一八三一年版に發表された。死せる愛人に寄せる哀感を叙べた詩。
註二 rosemary 墓に撒く花。
註三 Lethe ギリシャ神話の忘れ川。
註四 Irene 愛人の名。

レノア 註一

ああ、金の皿は毀《こわ》れた――永遠に酒は零れた。
鐘鳴らせ。――聖らかな魂は冥府の川に浮んでいる。
ガイ・デ・ヴィア註二よ、涙はないか。いま泣けよ、さらずば又と泣く勿れ。
あわれ、――向うのうら淋しく嚴《いかめ》しい棺の上、戀人のレノアがひくく横たわる。
さて、埋葬《ほうむり》の文讀まれ弔いの歌は誦《ず》されるであろう。――
こんなにも若くて死んだ、女王のような死者にささげる讚頌歌、
こんなにも若くて死んだので、二重《ふたえ》に逝ける女への挽歌を歌おう。

「憐れな者よ、――お前たちはその富ゆえにあの女を愛し、傲ゆえ女を惡んだ。

その健康が衰えると、お前たちはあの女を、女の死んだことを讃え
た。
それ故に、どうして葬り文《ぶみ》が讀まれよう、どうして挽歌が、お前た
ちにより、
こんなにも若くしてみまかつた清純な女を危《あや》めた
お前たちの、毒の眼と――お前たちの、讒謗の舌により歌われよ
う。」

ああ懺悔、さりながらかく喚《わめ》き給うな、亡き人の
非違を覺えない程嚴かに安息の歌を神にささげよ。
美しいレノアは「すでに亡く」なり、希望はとび去り、
お前の花嫁となる筈であつた童《わらべ》のために――
いまはかくひくく横わる、婉にやさしい女のために、お前のみ狂おしく
命は金髪の上に燿《かがよ》い、その目のなかには消え、――
命はなお髪にのこり、――死は瞳の上に。
去れよ、――今宵、私の心は輕い。私は挽歌を歌わない。

しかし天使は古き世の讃歌をうたい、空に漂うであろう。
鐘を鳴らすな。——女の美しい魂は聖《きよ》らかな逸樂にひたり、
修羅から浮び上るとき、調べを聞くといけぬ故。
地獄の魔から、み天《そら》の友へ、憤怒の亡靈はうつされる——
地獄から遠い天國の高い位まで——
歎きと呻吟から天國の王のそば、黄金の玉座まで

註一　Lenore. 一八三一年。
註二　Guy de vere 歎いている戀人。

不安の谷間　註一

人間の住んでいない
無言の谷が
昔はほほえんだ。
人々は優しく光る星を頼りに
夜毎に、彼等の淡青の塔から
花の群を見張しようと
戰の庭に出かけた。
花の眞中に日もすがら
赤い太陽がものうげに横たわる。
いまは訪客《まろうど》は悉く
悲しい谷間の不安を告白するであろう。
そこには何ものも動かないものはない——

怪しい孤獨の上を覆う
大氣の外は何ものも。
ああ、朧《おぼろ》のヘブリディズ註二 のまわり
冷海のように慄えている木々は
ふく風に搖られることもなく。
ああ、名もない墓に
搖れ、泣いている百合の上——
無數の型の人間の目のよう
よこたわる菫の上に——
曙から夜更けまで、絶間なく
不安の空を、さらさらと流れる雲は
風たえて吹かれることもなく。
花は搖れる——その芳しい項《うなじ》から
永遠の露が、滴り落ちる。
花はなげく——細やかな莖から
永久《とこしえ》の涙が寶石となつて、降る。

註一　The Valley of Unrest　この詩は「ニスの谷」という題で一八三一年版に發表された。ニスの谷は罪の谷のことであろう。

註二　Hebrides　スコットランドの西方にある群島の名、風光の美をもつて著わる。

圓形戲場 註一

古代ローマのしるしよ——榮華權勢の
葬られた幾世紀かが歲月に任せた
たかい瞑想の、豐かな遺骨匣《ばこ》よ。
よう——よう——つかれた巡禮と
はげしい渇きのいくとせの後
（お前のなかにひそんでいる學問の泉を慕うこの渇き。）
心も變り、へりくだり、お前の陰影のなかに
この私はひざまずき、
私のこの心のなかに壯麗と幽暗と榮光をのむ。

渺茫よ、齡《よわい》よ、また古き世の思い出よ、
沈默よ、荒廢よ、またほの暗い夜よ、——

私はいま御身を――御身の力を感ずる。
ああ、むかしゲッセマネ註二の苑にユダヤの王が
さとされたよりも、さらに確かな呪文よ、
ああ、むかし心も空のカルデア人註三がひつそりした星から
誘い出したよりもさらに力強い魅惑よ。

むかし英雄の斃《たお》れたこのあたり、圓柱は横たわる。
鷲の細工《たくみ》が黄金にかがやくこのあたり、
黒ずんだ蝙蝠は夜半の通夜をすごしている。
羅馬の貴婦人がその金の毛髪を
風に嫐《なぶ》らせたこのあたり、いまは揺れている、葦と薊《あざみ》が。
君主が金の王座に凭りかかつたこのあたり、
幽靈のように、その大理石の家の方《かた》、
す早く靜かに石の蜥蜴《とかげ》がすべり行く。
角めいた月の青ざめた光にてらされ――

しかし、まてよ、これらの城壁――これら蔦に覆われた迫持《せりもち》よ――

これら朽ち崩れている柱脚——これらうら悲しゅう黒ずんだ柱身——
これらの朦朧《ぼんやり》とした長押《なげし》——この砕ける小壁《ふりいず》——
これらこわれた蛇腹——この残骸——この敗滅——
これらの石——ああ、これら灰色の石——これらはすべて——
腐蝕する時刻が運命と私に任せた
あの名高い尨大なものの一切であるか。

「全部ではない」——木霊は私にこたえる——「全部ではない、
豫言の聲はまた高く、永遠に我らから、
廢墟から——賢者にひびく、
メムノン註四 から太陽へひびく調べのように。
我らはもつとも強い人間の心を支配している——我らは
専横な權勢であらゆる巨大な心を支配している。
我らは無能ではない——我ら蒼白の石は。
我らの權力のすべては消えてはいない——すべての我らの名聲は——
我らの有名な魔法は——
我らをとり巻くすべての不思議——

我らのなかにひそむすべての神祕は消えてはいない——
榮光にまさる外衣に身をつつみ、
長袍のごと我らの上にかかり
我らの周圍にまとうすべての記憶は消えてはいない。」

註一 The Colosseum 一八三三年。
註二 Gethsemane 橄欖山麓の花園。キリスト苦難の地として知られている。
註三 Chaldee カルデア人、占星者。
註四 Memnon エジプトのテーベにある巨像で、あけぼの、大きい聲を擧げるという。

ヴァンテ島の歌　註

あらゆる花のなかでも一番美しい花から、
優しい名前のなかでも一番艶なる名前をえらんだ瑰麗の島よ。
お前の島影を眺めれば
何と輝かしい時代の夥しい思い出が蘇つてくるであろう。
何と過ぎ去つた幸福の夥しい場景が、
何と葬られた希望の、夥しい思いが現われてくるであろう。
もう見えない――お前の綠の坂には現われない
乙女のいかに夥しい幻が蘇つてくるであろう。
もういない――あわれ、あの魔のうら悲しい笛の音《ね》は
すべてのものの形を變える。お前の魅力はもう心を悦ばすことはない――
お前の思い出はもはやない。今よりは私は

お前の花の彩る海岸も呪いの國と思うだろう。

ああヒヤシンス咲く島よ、ああ深紅《しんく》にかすむヴァンテ島。

「黄金の島、東方の花よ」

註 To Zante 一八三七年一月、ポオの編輯した「南方文學の使者」誌に發表された。
Zante はギリシャ、イオニア諸島中の島。

幽鬼の宮 註一

優しい天使の住んでいる
　この谷間の緑のこの上もなく濃いあたり
むかし美しく儼かな宮殿が註二
　燦然たる宮殿が——聳えていた。
王者たる思想の領土《くに》に
　それは立つていた。——
至上天使さえこの半分も美しい
　大廈の上を翔《と》んだことはない。

黄色い、美事な、黄金の旗が註三
　その屋根の上に漂い流れていた。
（これは——すべてみな——随分

昔のことであつた)
そしてあの樂しい時分
　微風《そよ》は戯れて、
羽を飾つた蒼白い壘註四　づたいに
　芳しい風となり吹きすぎた。

幸の谷間の旅人は
　二つの明るい窓ごしに、
王座のまわりに魂が、
　糸竹の妙《たえ》なる調べに合せ
調子よく、動いているのが見えた。
　その王座には（王者が）坐り、
その榮華にもふさわしく揚々と、
　その國の支配者が見えた。

美しい宮殿の戸には一面に
　眞珠や紅玉註五　が煌いていた。

その戸から、木靈《こだま》の群が
　絶えず、ぞろぞろ流れでて
閃いて、その樂しいつとめは
　勝れて妙《たえ》な聲あげて、
彼等の王の才智と知慧を
　歌うことばかり。

しかし凶事は、愁の衣《きぬ》をつけ
　君主のたかい地位を襲えば、
（あわれ、悼ましいかな――これよりは
　廢王の明日の日を見ることはなかろう。）
そして王の館のほとり、
　榮えた榮華の夢は
ただすぎた昔の、
　ほのかな物語りにすぎない。●
いま、その谷間を通る旅人は

紅燈の窓ごしに、註六
調べさえ亂れ亂れて氣まぐれに
うごめく朧の姿が見える。
ものすごい急流のよう
いろ蒼ざめた戶を通り註七
恐ろしい群集は永遠に走りでて、
あざ笑うが――もはや微笑むことはない。

註一 'The Haunted Palace この詩は一八三九年「アッシヤァ家の崩落」の中に怪しい主人公の卽興詩の一つとしてあげられているもの。狂人を歌つた象徵詩で、ポオの作中極めて特異な作品の一つ。
註二 健全な知性の象徵。
註三 美しい髮への聯想。
註四 鬚の生えている口の周圍や顎への聯想か。
註五 美しい齒並や唇をさしているのであろう。
註六 赤く爛れた兩眼への聯想
註七 狂人の蒼白い唇。

勝利のうじ蟲　註

あわれ――うら淋しい末の世の
　祭禮の夜のこと、
翼《はね》のある天使の一群は、
　覆面をつけ、涙にくれて、
希望と恐怖の一幕を
　見ようと戲場に坐つていたが、
そのとき管弦樂《おーけすとら》は、天上の
　妙音を奏でるさまもとぎれとぎれや
道化役者は、天上の神の姿して
　呟いたり、聲ひくく口ごもり
あちらこちらと飛びまわる――

彼等は操《あやつ》り人形に過ぎないので
巨大な見えないものの指圖のままに歩き廻るばかり、
　巨人は兀鷹《はげたか》のような翼を羽ばたいて
目に見えない悲哀をはなち
　その書割をあちらこちらと置換える。

道化芝居よ、——ああ、それは
　決して忘れられない。
群集はその幻を永遠に追うてはいるが
　捕えることはできない、
つねに同處に
　戻つてくる圓のうち
夥しい亂心や、それにもまして罪惡や、
　畏怖こそは重要な筋である。

しかし見よ、騒がしい芝居のなかに
　這らばうものが闖入する。

しんとした舞臺から
　悶えでる、血塗《まみ》れのものよ。
それは悶えて、のたうちまわる。——臨終の悲鳴をあげて
　道化役者は餌となる。
天使等は人間の血糊にそんだ
　害蟲の毒牙をみて啜り泣く。
燈《ひ》が消える——みんな消えた。
　わなないている人々の上に、
葬式《とむらい》の幕布が緞帳で
　嵐のようにさつと降りる。
すれば、天使等は眞靑に血の氣もうせて
　立上り、覆面をとつて確める。
その芝居は「人間」という悲劇で、
　その立役は勝利のうじ蟲であると。

註　The Conqueror Worm　一八四三年に初めて「グレィアム雜誌」に發表。生と死を象徴的に歌つたもの。ポオはこの詩を小

說「リジーア」の中に女主人公の作として擧げている。

幻の郷《さと》 註一

夜という妖怪が、眞黑《まつくろ》い王座によつて
悠々とあたりを覆い、
只惡心の天使ばかりうろつく、
朦朧《ぼんやり》と淋しい道を通り、
遠く仄暗いチウレ 註二 から——
空間と時間を超えて
莊嚴にひろがる荒涼と怪しい郷から
　漸く私はこの國に着いた。

底の知れない谿と果しない氾濫、
裂け目や洞穴や巨人族の森、
一面に露が滴り

その姿を誰もさだかに見ることも出來ない。
山竝は岸のない海へ
永遠に落ちかかり
絶間なくわきたつ海は
炎の空へとうねりゆく、
湖水は果しなくその淋しい波
――淋しくどんよりとした波を擴げる、
その靜かな――靜かな冷たい波を、
百合の泡雪垂れかかり。

かくてその淋しい波、淋しくどんよりとした波を――
そのうら悲し、うら悲しく冷たい波を
擴げる湖水のほとり、
百合の泡雪垂れかかり、――
山竝のほとり――ひくくざわめく、
絶えずざわめく川の近く――
灰色の森のほとり、――蟇蛙《ひき》

井守のたむろする濕地のほとり、——
鬼の棲む
　凄まじい山湖や池を通り、——
この上もなく不浄の場面——
この上もなく憂愁の僻地に、——
そこに旅人は過去の屍衣をつけた
記憶に逢つてうつける計り——
彼等、漂泊者を通りすぎるとき
驚いて吐息する屍衣を纏うた姿——
地と——天《そら》に悶えつつ
とわにさまよう友の白衣の姿。

悲哀の限りない心に
これは泰平の和やかな地帯——
暗がりを歩む精霊には
これは——あわれ、黄金郷。
しかしそこを通る旅人は、

明らかにそれを眺めまい——眺めようとはしない。
開かれてはいるが弱い人間の目には
祕密の曝されることはない。
總《ふさ》のある眼瞼《まぶた》を擧げることを
禁じている王の意故に、
それ故にここを通るうら悲しい魂は
暗い眼鏡《めがね》ごしに風景を眺めるばかり。

夜という妖怪が、眞黒い王座によつて
悠々とあたりを覆い、
只惡心の天使ばかりうろつく
朦朧《ぼんやり》と淋しい道を通り、
遠く仄暗いチウレから
漸く私は古里へとさまよいでた。

註一　Dreamland　一八四四年、六月「幻の郷《さと》」はポオが編輯者であつた「グレィアム雑誌」に發表された。

註二　Thule　古代人が世界の北端にあると信じていた國。

ユウラリイ 註一

私はひとり
　呻吟の世界に住んでいた。
私の霊は澱んだ潮であつた。
艶に優しいユウラリイが花羞かしい花嫁となるまでは――
髪の黄色いうら若いユウラリイが笑《えみ》をふくんで花嫁となるまでは。

ああ、夜の星さえ
輝くばかりの麗人の
瞳に會えば光なく
深紅《しんく》眞珠の
月の光で
靄の織りなす一片《ひら》も

慎ましいユウラリイの、この上もなく繕わぬ捲毛には及ばない。
目もあでやかなユウラリイの、この上もなく飾なく構わない捲毛に
は及ばない。

もう疑も——心痛も
消えはてた、
彼女の靈は吐息に吐息をかえす故、
日もすがら
空ふかく
明星[註二]は明るく強く輝いている。
またその懐しいユウラリイ永遠にその保姆めいた目を上げて——
またうら若いユウラリイ永遠に菫のような目を上げて。

註一 Eulalie 一八四五年。

註二 Astarte フェニキア人の崇拝した戀愛と多産の女神、月の女神。ここでは金星のこと。

ユラリウム　註一

空は灰色にくすんでいた、
　木の葉は縐《しわ》より萎れ――
　木の葉はすがれ萎れていた。
私のいつとも記憶にない頃の
　淋しい十月の夜であつた。
ウイア註二の霧に朧《おぼろ》の中央地帯、
　オウバア註三のほの暗い湖水のほとり――
ウイアの鬼のうろつくという森林地、
　オウバアのじめじめとした山湖のもとであつた。

このあたりは昔、糸杉の巨人のように
　聳える小路をとおり、私は魂をつれ

美しい私の魂の、サイキィをつれ、糸杉道をうろついた。
それは私の心がころがりゆく燒石の川のように
　烈しいころであつた。
　硫黄をふくんだ流れの絶えず、
極北のはてにある、ヤアネック註四 を
　ころがり落ちる――北の極地の國にある
ヤアネック嶽をころがり落ちるとき、
　呻吟の聲あげる熔岩のようであつた。

ふたりの語らいはしめやかに靜か、
　しかし我らの思想はしびれ萎れ――
　我らの思い出は賴りなく萎れていた。――
といえば、我らはその月の十月であるのも知らず、
　また我らはその年のその夜とも心にかけず――
　(ああ、その年のあらゆる夜のその夜よ)
我らはオウバアのほの暗い湖水にも心をとめなかつた――
　(たとい昔我らはそこを旅していたけれど)

オウバアのじめじめとした山湖も、またウイアの
　鬼のうろつくという森林地も、想い起さなかつた。

さて今は夜もふけ、
　星の時計の曙を示すとき——
　星の時計の曙をほのめかすとき——
我らの道の果に水のような
　朧の光があらわれた。
それより怪しい新月は
　對《つい》の角をして昇つてきた——
嫦娥《こうが》註五　のダイヤモンドを飾つた新月は
　對《つい》の角をいただいて。

そこで私は語つた——「この女は月姫註六　よりも情がある。
　この女は吐息の空をわたり——
　吐息の世界に遊ぶ。
この女はうじの絶えない

　雙頰に涙のかわかないのを見た。
空への通い路示そうと――
　また空のレテの平和へ――
　獅子星座の星を通りすぎた。
輝く眼《まなこ》で我らを照らそうと
　獅子星座を物ともせずに近よつた。
その煌めく目に愛をうかべ、
　獅子星座の臥所《ふしど》をとおり近よつた。」

しかしサイキィはその指をあげて
　語つた――「悲しくも、この星を私は信じない。――
　その蒼白を私は怪しくも信じない――
ああ、急げよ――ああ、我らは躊躇《ためら》うまい。
　ああ、逃げよ――我らは逃れよう、逃れねばならぬ故。」
恐れて女は語つた、地に曳く程に
　その翼《はね》を垂れ、
その羽が地に曳く程に

悲しげに地に曳く程にその羽を垂れ――
　身悶えて咽び泣いた。

私は答えた――「これは夢想にすぎない。
　我らはこの震える光によつて進もう。
　我らはこの透明な光を浴びよう。
その巫女《みこ》めいた壯麗は
　今宵、希望と美に輝いている。
見よ――それは、夜もすがら、天《そら》にゆらめいている。
ああ、我らは安らかに、その光に頼ろう、
　必定それは我らを正しく導いてくれるだろう――
我らを正しく導くに違いない光に
　我らは安らかに頼ろう、
　それは夜もすがら天《そら》にゆらめいている故に。」

かく様に私はサイキィを宥めて接吻《くちつけ》た、
　また彼女を陰鬱より誘い出し、

　女の躊躇《ためらい》と陰鬱にも打ちかつた。
そして我らが並木の果へ辿りゆけば、
　墓の戸故に止められた――
　銘をきざんだ戸のために、
そこで私は言つた――「妹よ、何と記せる、
　この銘をきざんだ戸の上に。」
　女は答えた――「ユラリウム――ユラリウム――
　これはあなたの今は亡いユラリウムの奥津城《おくつき》處。」

それから私の心は灰色にくすんできた
　縐より萎れた木の葉のように――
　すがれ萎れた木の葉のように、
そこで私は叫んだ――「確かに十月の
　去年のこの宵であつた
　私が旅したのは――このあたり旅したのは――
　私がこのあたりに恐ろしい重荷を運んできたのは。
　あの年のあらゆる夜のこの夜に、

ああ、何の魔が私をこのあたりに誘うたか。
今、私にはよく分る、オウバアのこのほの暗い湖水――
ウイアの霧に朧《おぼろ》の中央地帯――
今、私にはよく分る、オウバアのこのじめじめとした山湖、
ウイアのこの鬼のうろつくという森林地。」

註一 Ulalume 一八四七年。
この詩は霊と肉との對話の形の物語詩。象徴詩の巨匠マラルメは「これはポオの總ゆる詩篇中恐らく最も想像力に富み且つ解釋の最も困難なものである」と語っていると言う。
註二 Weir 虚構の名であろう。
註三 Auber 虚構の名。
註四 Yaanek 虚構の名。
註五 Astarte 前出
註六 Dian ローマの月の女神。

ヘレンに贈る 註

私はあなたに一度——ただ一度——幾年か前に會つた。
私は何年とは言えないが——しかし昔のことでない。
七月の夜半のこと、飛び迷うあなたの魂のよう
空を怱忙と上つてゆく滿月から、
ひそやかに蒸暑くまたうとうとと、
そのあたり爪先で歩かねば、そよとの風も動かない——
魔法の園に生えている夥しい
薔薇のあおむいた顏の上。
愛の光の返しにと、恍惚の死にひたる
芳ばしい魂をかたる
これらの薔薇のあおむいた顏の上。
あなた故、あなたの模樣の詩《うた》により

魅惑され、花壇のなかに微笑んで死んでゆく
これらの薔薇のあおむいた顔の上、
銀の絹のような、光の面紗《かおあみ》が落ちていた。

菫さく堤の上に、白い衣裳をつけ、
あなたは凭りかかつているように見えた。
そのとき月は薔薇のあおむいた顔の上、
あおむいて、あわれ、愁いの——あなたの顔の上に落ちかかる。

それも運命ではなかつたか、この七月の夜半のこと、
うとうとと微睡《まどろ》んでいる薔薇の香をかごうと
庭の門に足を止めさせたのは
（その名前も悲哀という）運命ではなかつたか、
足音は絶えた、ただあなたと私の外は
忌わしい世もすべて睡つた——（ああ、天《そら》と神よ——
これら二つの言葉をつなぎ、いかに私の心は波打つだろう）
ただあなたと私の外は。私が止つて——眺めれば

忽ちに物はみな消えた。
（ああ、この花園の魅惑されていたことを忘れるな）
眞珠のような月影は消えうせた。
苔むす堤やうねうねと續く路、
陽氣な花や騷めく木々も
もはや消えた。あの薔薇の香も
愛慕する大氣の腕《かいな》のなかに亡んだ。
ものはみな――消えた、あなたと――あなたより劣れるものを除いて
ただあなたの瞳の聖らかな光をのこし――
ただあなたのあおぐ瞳にこもる心をのこし。
私はただ瞳を見た――それらのみ私には浮世であつた。
私はただ瞳を見た――ただいく時か瞳を見た――
月の沈むまで、ただ瞳を見た。
何というはげしい、心の來歷が、それら、水晶の、天上の
球《たま》に記されていると、思われたことであろう。
いかに暗い悲哀であろう、しかも、いかに崇高な希望であろう――

いかに密やかに穏かな、誇りの海であろう。
いかに大膽な、しかし深い野望であろう――
いかに底の知れない愛の容積であろう。

しかし今は、遂に、懐しい月は隱れた、
雷雲の西の褥《しとね》のなか、
そしてあなたは、亡靈のごとく、埋葬する林のなかに
こつそりと辷りこむ。ただ殘れるはあなたの瞳。
それらは消えず――それらはたえて消えなかつた。
その夜さびしい家路を照らし、
その瞳は（私の希望の消えたごとく）決して消えなかつた。
瞳は私に伴ない――それらは幾年《いくとせ》か私をみちびく。
瞳は私の導師であるが――私はそれらの奴隷。
それらのやくめは照らし、火を點すこと――
私のつとめは、瞳の明るい光に救われること。
その電光に淨められ、
また至樂の火に聖められること。

瞳は私の魂に（希望である）美を多分にもたせる。
そしてはるか天上に昇つた、――うら悲しく無言に、覺めているとき
私のひざまずく星となつた。
とはいえ晝のまぶしい日かげにも
それらは尙見える――太陽《ひ》にも消されぬ
二つの美しくきらめく金星よ。

註　To Helen　一八四八年、セエラ・ホイットマン夫人にささぐ。

黄金鄉 註一

華やかに裝える
　武邊のきみよ
光のなかと影のなか
　はるばると流離《さすら》いぬ、
　歌うたい
黄金鄉を求めんと。

　しかはあれ年老いぬ
　さすが雄々しきもののふも
心の上に影がさす
　黄金鄉と思わるる
　里の影さえ

見えざれば。
　はては力も
　盡きしとき
巡禮の影註二通る
　「影よ」と彼は呼びかけぬ、
　「いずこか
黄金郷と傳うるは。」

　「月の
山竝こえて
死の谷わたり
　驅れ、雄々しく驅れよ」と
　影はいらえぬ、
「黄金郷を尋《と》めゆかば。」

註一　Eldorado　この詩は一八四九年、「合同の旗」誌に發表された。十五世紀頃の人々が南米の北部にあると信じていた黄金郷。ここでは遂げ得ない希望の象徴。この詩はポオの最後の作で、失敗に終つた生涯を歌つたものである。

註二 shadow 死の象徴。

アナベル・リイ　註

幾年か昔のことであつた。
　海沿いの王領に
アナベル・リイと言う名前で
　人の知る乙女の住んでいたのは、
そしてこの乙女私と愛し合つていることの外は
　餘念もなかつた。

海沿いの王領に
　私も童、女も童、
しかし二人は戀にも優る戀で愛し合つていた。
　私とアナベル・リイは、
空に舞う至上天使さえ

女と私を羨んでいた程に。

その昔
　この海沿いの王領で、
雲から風が吹き降りて、
　美《うる》わしのアナベル・リイを冷したのは、それ故か。
高貴のやから訪れて
　女を私から奪い去つた。
この海沿いの王領の
　墓にいれんとて。

天上の幸及ばぬ天使らは
　女と私を羨んでたち去つた。
まことに、それ故であつた（海沿いの王領で
　誰ものこらず知つているが）
夜半、風が雲から吹き降りて
　アナベル・リイの冷たくなつたのは。

しかし私達の戀は、私達より年上の人の戀よりも
　私達より賢《さか》しい人の戀よりも、
　　はるかに强かつた。
み天《そら》の天使
　海の底《そこい》の惡魔さえ
決して私の魂を、美わしのアナベル・リイから
　裂き得まい。

というのは、月照ればあわれ
　美わしのアナベル・リイは私の夢に入る。
また星が輝けば、
　私に、美わしのアナベル・リイの明眸《ひとみ》が見える。
ああ、夜、私の愛する人よ、戀人よ、
私の命、私の花嫁のそばにねぶる。
　海沿いの墓のなか
　海ぎわの墓のなか

註

Annabel Lee 一八四九年の作。ポオの死後二日にして發表された名篇。アナベル・リイは一般には、幼くしてポオに嫁ぎ貧困のなかにポオに先立つて死んだヴァージニア・クレムを歌つたものと信じられている。

鈴《りん》の歌　註

一

鈴《りん》つけた橇の音を聞け——
銀の鈴。
彼等の歌は何という逸樂の世界を先觸するであろう。
いかに鈴の音は夜の冷氣に
りんりんと鳴ることであろう。
滿天にふり撒かれた星屑は
澄んだ歡喜に
煌いているかのよう。
鈴、鈴、鈴、鈴、
鈴、鈴、鈴から——

鈴のさやかに鳴る音《ね》から
美妙に溢れ出るちりんちりんと鳴る音や
古北歐派の韻をふみ、
拍子、拍子も面白う。

二

柔かな華燭《うきゆい》の鈴、
金の音色の鈴を聞け。
その諧調は何という幸の世界を先觸するであろう。
芳しい夜氣のなか
いかに鈴の音はその歡喜をなり響かせることであろう。
金の音色も滑かに
調子たくみに
何となだらかな端唄の漂つてゆくあたり
山鳩は耳かたむけて、
月影に見いるかな。
ああ、なりわたる小部屋から、

快調は次々に湧き起ることであろう。
とどろくよ
いかにその將來を縷《る》說《せつ》することよ
いかにその鈴、鈴、鈴
鈴、鈴、鈴、鈴、
鈴、鈴、鈴の——
搖れ響く
鈴の韻が合い調和するよう
促す歡喜を
告げることであろう。

三

たかい警鐘——
眞鍮の音色の鈴を聞け。
騷音は何と恐怖を告げることであろう。
夜のしどろの耳に

いかに彼等はその驚愕を絶叫するであろう。
餘り恐れて聲もなく
調子外れに
わめく計り。
騒々しく火事の慈悲を乞い、
聾してあれ狂う火事を諫めることも狂おしく。
顔の青い月の近くに
――坐れるや　いなや
必死の願望や
しっかりと努力して
次第に高く跳び上り。
ああ、鈴、鈴、鈴。
何という絶望の物語を
彼等の恐怖は告げることであろう。
いかに彼等は鳴り響き、轟くことであろう。
何という戰慄を彼等は
おののく胸に流出することであろう。

しかし耳はそれをば十分に
鼻聲や
音調で
いかに危險が干滿《さしひき》するかをさとる。
しかし耳は、亂調や
喧騷で
いかに危險が干滿《さしひき》するかを
はつきり告げる。
鈴、鈴、鈴、鈴、
鈴、鈴、鈴の――
鈴の――
鈴の叫喚や鳴る音の、
鈴の憤怒の浮き沈み。

四

靜かなる鈴の音を聞け――
鐵の鈴。

彼等の挽歌は何という荘厳な思想の世界を現わすことであろう。
夜の静寂《しじま》に、
いかに我らはその音色の
憂愁の脅迫に恐れて震えることであろう。
その喉なかの錆から
漂う音は
呻吟である故に。
そして人々は——ああ、人々は——
尖塔に
只ひとり住む人々は、
あのような低い單調な音させて、
鈴を鳴らし鳴らしては、
人間の心に石を
轉がす譽《ほまれ》を覺える——
彼等は男でもなければ女でもない——
獸《けもの》でもなければ人間でもない——
彼等は吸血鬼。

そして鳴らしているのは彼等の王。
王は鈴から讃歌を
鳴らし
鳴らし、鳴らし、鳴らす。
鈴の讃歌をうたい
彼の陽氣な胸もふくらむ。
王は舞い、叫ぶ。
鈴の、
鈴の讃歌に
古北歐派の韻をふみ
拍子、拍子も面白う。
鈴は咽び泣き、
鈴、鈴、鈴の――
鈴の鼓動に――
古北歐派の韻をふみ
拍子、拍子も面白う。
鈴、鈴、鈴の――

鈴のどよめきに――
鈴、鈴、鈴、鈴、
鈴、鈴、鈴の――
鈴の鳴る音に
鈴の歎き呻きに
酔うような古北欧派の韻をふみ
彼が鳴らし、鳴らし、鳴らすとき
拍子、拍子も面白う。

註　The Bells　一八四九年十一月、「合同雑誌」に發表された。擬聲の效果をねらつたもので、その音樂は驚嘆すべきものである。

詩の眞の目的

〔From Review of Longfellow's "Ballads and Other Poems," 1842〕

人類は夥しい定義、夥しくお互に相容れない定義によつて詩を解釋してきたように思われる。しかし爭は只言葉の上の爭にすぎない。歸納法は最も明白で功利的なものに對すると同じくこの問題にも應用される、そして公正な經過によつて、實際に詩であると認められてきた作品に就いてみれば、只想像的な部分、さらに一般的には、創造的な部分というものがあつて、彼等がかく認められるように保證したことが、我々には分る。併しこれらの作品は、これらの部分のために、かつて詩であると認められまた名づけられたけれども、當然にまた必然に、全く詩的でない他の部分さえも民衆の意見によつて詩的であると考えられるようになつたばかりでなく、他の詩的要求の調節によつて、完全の誤つた標準であるとして使われるようになつた。詩であると認められてきたものに見出されるものは總て、むやみにそのまま詩的であると考えられてきた。そしてこれはさらにはつきりとした論題には殆んど入りこむことのできない一種の甚だしい誤謬である。實際に詩神自身に屬しているあの奔放さについて詩神の性格の審査において十分にみとめるということは賢明ではないけれども、それは禮儀の正しいことであると考えられてきた。

詩はかくして應答であることは明らかである――全く不滿足であるが――しかしやはり、自然の、抑制せられぬ要求に對する應答であることは明らかである。人間にして變りがないならば、詩のない時代は在り得なかつた。その最初の要素は天上の美――地上の形態のいかなる今までの配置によつてもその魂に與えられないところの美――恐らくこれらの形態のいかなる結合も完全に作り得ないような美に對する渇望である。その第二の要素は既に見られるところのあの美の形態の間の新しい結合によつて――或は我々の先人が、同様な幻を追い求めて、すでに整えたところのあの結合のさらに新しい結合によつて、この渇望を癒そうとする試みである。我々はそれ故に明らかに新奇、獨創、案出、想像、卽ち最後に美の創造が（と言うのはここで使われているような言葉は類語であるから、）あらゆる詩の本質であると推論する。この思想はそれが一見したときに見えるように、普通の意見と大して變つているわけではない。この論題について多くの古代の教義は、附屬の空論をはぎとられるとき、容易に今提議された定義に溶解されると言うことが發見されるであろう。我々は世間の思想の漠然としたところを明らかに表すばかりである。我々は言葉によつて「詩」の概念を定義するために今までに行われたあらゆる試みにおいては、思想自體が、浮動し、動搖し、はつきりしていないことを認める。この著しい例は「美しい」とか、我々が前に「創造」と同意義として擧げたところの諸性質の或ものが、詩神の主要な屬性であるとして指摘されなかつたようないかなる定義も存在しないという事實に見られる。しかし、「案出」や「想像」は遙かに一般に固執されている。ποίησις（創造）という言葉さえ、この點について、無量の意味がある。またこの場合に「虚構によつて思考を表現する方法」であるというビールフェルト伯[註一]の詩の定義を述べることも決して間違つていないであろう。（それについては哲理が幾分か深遠であるところの）この定義と、「詩」や「韻文を作る」に對して使われる、ドイツ語の *Dichtkunst* 虚構の藝術や *dichten* 作るという言葉は完全といつていい位に著しく一致している。それにも拘らず我々自身の主張の斬新と眞意と思われるものが認められるのは、二つの行き亙つている考えの結合ということである。

今迄は我々は只抽象について語るごとく詩の話をしてきた。それ故、それが色々の様式に應用されるということは明白である。感情は發展して彫刻や、繪畫、音樂などになる。併し我々の現在の仕事は言語によるその發現――實際の意義において、世間がその言葉を限定する際に一致したあの發現について述べることである。そしてこの點において我々をためらわせる一つの事柄がある。我々は韻律の重要でないことを（或人の認めたごとく）認めることを決心するわけにはゆかない。これに反して全人類の最も早い詩的作品に韻律が普く用いられていたことは、單に韻律が詩神と同類であること、またそれが詩神の目的に順應すること、そればかりでなく、韻律というものの本質的な缺くべからざる重要性を我々に保證するに足るであろう。しかしここでは、我々は是非とも單なるほのめかしに滿足しなければならない。と言うのはこの論題は我々を餘りに遠くへ連れて行く性質のものであるから。我々は既に詩的發現の様式の一つとして音樂のことを話した。魂が最も近く我々が説明した目標に——天上の美の創造に達するのは、恐らく音樂の場合である。實際のところ、この尊い目的はこの場合でさえ一部分か不完全に達せられるばかりであろう。音響のなかに感じられるところの美の諸要素は天と地のお互の、共同の財産であるであろう。結合への魂のあがきに於いて、竪琴が天使にも聞える調べを奏でるということも、それ故に、不可能なことではない。そしてかく考えるとき、更に深い音樂の印象の性格、もしくは感情を定義するというあらゆる試みが完全に無益であることが見られたあの驚異は餘程、さらに小さいものとなるであろう。それだから音樂が（韻律や韻に變形して）眞に詩人肌の人によつては決してゆるがせにされないような、詩の廣大な要素であつて、——その助力をこばむ者は氣違いであるほどに、企てられた大きな目的を促進するに非常に強い力であるという——堅い確信に滿足して、この考えに滿足して我々は單に定義を完全にする爲に、その絕對的な重要性を主張することをためらわないであろう。我々は只、この點において、詩的感情の最高の可能なる發現は、一般の意味における、音樂と歌の結合のなかに見出されるべきことをつけ加えよう。昔の遊歴詩人や吟誦詩人は、申分なく、詩のこの上もなく純良にして眞實なこの要素を具えていた。そしてトマス・ムーア註二は自分の歌謡を歌いながら、詩としての歌謡の完成のために最後の筆を加えている。

　それからここに概括するために、我々は要するに言葉の詩を美の韻律的な創造であると定義するであろう。美の範圍を越えて、詩の國は擴がるものではない。その唯一の審判者は趣味である。知性もしくは良心と、それは只並行の關係をもつにすぎない。それは義務や眞理に、若し偶然でなければ、決して賴るものではない。我々の定義が必然に、怠惰な默認によつて、今まで詩的であると考えられてきたものの多くを排除するであろうことはかりそめの關心さえ我々に與えない事柄である。我々は只思慮深い人々に呼びかける、そして只我々自身と――彼等の贊成に留意するばかりである。若しも我々の提案が正しいものであるとすれば、「他日」それは眞實であると了解されるであろう。たとえ今までかく了解されてきた一切に矛盾していることが分ろうとも。誤つているならば、我々は彼等に死刑を宣する最初のものではなかろうか。

註一 Count Bielfeld 十八世紀在世のドイツ文人。
註二 Thomas Moore 一七七九―一八五二、アイルランドの詩人。

「海中の都市」の中では、死が、王座の上に接ぎ木をしたようにじつと腰をかけているのである。天上からは一すじの光線ももれてこないで、靑ざめた海から光線が、圓蓋や尖塔や王宮や寺院の上に靜かにおちているのである。ポオの詩の中では、打ちふるえるような金いろの韻律が、いわばポオの頭腦の澄みとおつた魔法鏡をとおつて薄暗い湖水の上、糸杉のしげる小路の上、吸血鬼のとおる沼澤地の上におちてくるのである。

ポオの名調子は、一代の詩人ボオドレエルを魅惑した。ボオドレエルはポオを飜譯するにいたつた動機を次のようにアルマン・フレエスに語つている。

「私がエドガア・ポオの二三の斷片を手にしたのは、一八四六年か一八四七年かであつた。私は異常な感動をうけた。彼の全作品は彼の死後まで集められなかつたので、私はポオによつて刊行された新聞雜誌の類をかりるために、パリに住んでいるアメリカ人と知合にならなければならなかつた。それから私は——信ずると否とはあなたの勝手だが——私がすでに漠然とし、混沌と亂れた考えをいだいていた、そしてポオがすでにいかに排列しいかに完成すべきかを知つていた詩と物語とをよんだのだ。」六年ののちにボオドレエルは次のように語つている。

「私はエドガア・ポオを模倣したという罪のために非難されている。あなたは私が何故こんなにも辛抱づよくポオの作品を飜譯したかを知つているのか。何故なら彼は私に似ていた。私が初めて彼の作品をひらいたとき、私は恐怖と歡喜の念に打たれて、私のすでに夢見ていた主題と、それのみならず、私の考えていた、そして彼が二十年も以前に書いている文章とをそこに見出したのだ。」

それ故にポオの頭腦の中にすんでいた幽靈や豹や虎は、そつくりそのまま、さらに近代的な理知に美しく洗練されて、ボオドレエルの詩のなかに入りこんでいるのである。

ポオの手も、あらゆる外の詩人と同じように、あまりに綺麗であつたので、すぐ血が流れた。

彼の惡德が彼を詩作にかつたのか、彼の詩作が彼を惡德にかつたのか、知るよしもない。しかし彼がいかに絶望的な努力をもつて邪惡な生活からのがれようとしたか。この隱微な實情をかたる、友人にあてた彼の手紙がある。

「私の生涯のいかなる時期にも、私は不節制とよばれる人間ではなかつた。私はこれまで酩酊の習慣におちいつたことはなかつた。……しかししばらくのあいだ、私がリチモンドに滞在して『メッセンジア』を出版していた頃、私はたしかに南部地方の陽氣な習慣にそそのかされて、巷にあふれている誘惑に時々たえられなかつた。私の感じやすい性質は、私の同僚にとつては、日常の事柄である刺戟にたえられなかつたのだ。要するに私はときどきすつかり酔つぱらつてしまつたのだ。そして飲みすぎたときには必ず、私は二三日のあいだというもの、床をはなれることはできなかつた。しかし私があらゆる種類のアルコールに足を遠ざけてから、今はもう四年になる、――四年だ、たつた一回の例外をのぞいては。」

また、

「あなたはお尋ねになる、そんなに痛々しい『不節制』をひきおこした『その恐ろしい惡運』とは誰であつたか、私には教えては下さいませぬか。私はほのめかすなどというよりは、はつきりお話しいたしましよう。この惡魔とは一人の男を襲うことのできるこの上もなく恐ろしい惡魔であつた。六年以前、最愛の妻が歌をうたいながら、血管を破つて、血を吐いた。彼女の生命は絶望であつた。私は永遠に彼女においとまごいをした。そしてあらゆる死の苦悶をうけた。彼女は恢復することもあつた。そして私は再び希望をいだいた。その年の末、血管は再び破れた。私は同じような場面をくりかえして通りすぎて行つた。――それから、また――そしてまた――相異なるあいだをおいて。その度毎に私は彼女の死の苦悶の果てから果てをたどつた。そして彼女の病勢のすすんでゆくのにつれて、私は彼女を更にふかく愛するようになつた。そして更に絶望的な執拗さをもつて彼女の生命に執着した。しかし私の性質はつねに感じやすく、異常に神經質である。長いあいだの怖ろしい責苦をたえしのんだ後に私は氣違いになつた。これらの全く無意識の發作のあいだというもの、私は酔つぱらつたのだ――どんなにしばしば私がのんだか、どんなに多くのんだか、神のみぞ知ろしめす。言うまでもなく私の敵は、酩酊を狂氣のためとするよりも、狂氣を酩酊のためとするのを喜んだ。それは私が理性を全部すててしまわなければもはや耐えることのできなかつた希望と絶望との、おそろしい、果しのない日々であつた。私の生命であつたものの死んだとき、私は新しい、しかし、――ああ、神よ――たえられぬ憂鬱な生活に入つたのだ。」

このようにしてポオの「一生は氣まぐれ――衝動――情熱――孤獨への思慕――將來のことを熱心に希うために現在の一切を輕蔑することとなつた」。それは野獸の眼のひかつている一本の花ににている。

しかしポオもボオドレエルもともに頑强な身構えをもつていたように、思う。どこかその上にやわらかに雪のふりつんでいるような。・・・・

ポオの黒い魂のなかには、夜になると、夥しい群鳥がむれないていた。

僕はこの頃しらべものがあつたので大學圖書館の司書某氏をたずねていつた。壯麗な玄關の周圍には、しろい鷗の幻が夕暮の光線をすつて、翔びまうているようであつた。ストリンドベリも王室圖書館の司書であつた、などと考えていた。窓の外には芝生の上に冬薔薇が匂つていて、某氏は芥川龍之介氏がめずらしいポオ通であつたこと、そして氏の博識はこのとてつもない太陽の子の葬式に參列した人々や、その面相や帽子の形にまでおよんでいたなどと、つたえてくれた。

註　この一篇は昭和十年五月、「椎の木」に書いたものに少し手を入れたものである。尚本稿を書くにあたつては、とくに年少の私の心にポオに對する嗜好と眩惑を敎えてくれた英文名著全集のポー短篇集、深澤由次郎氏譯註に負うところの多いことを記して置きたい。

あとがき

私がポオの作品に興味を覺えたのはもう十幾年の昔である。その記念がポオの「詩の原理」の飜譯となつた譯であるが、これは昭和十年、百田宗治氏の主宰する「椎の木社」から出た。もう十數年も前の事であるから、覺えて居らるる人も殆ど無かろうが、黄色い表紙の瀟洒な本であつて、私の最初の本であつたので愛着も深く、その頃百田先生の住んで居られた中野の家の屋根の上に、輝いていた、小さな青い星の色と同じように、私には懐しく思い出される。その頃先生の書齋には明るい綺麗な詩集がいくつも積んであつた。その頃からポオの詩篇を譯してみたく思いながら、難解なものであるので、中々纏まらずにいた。それだからポオの詩篇の飜譯は私の年來の夢でもあつた。今度は原書は The Works of Edgar Allan Poe. Ed. Ingram を使い、參考として日夏耿之介氏譯ポオ秀詞、佐藤一英氏譯ポオ全詩集、研究社英文學叢書、山宮允氏の American Poets, Theodor Etzel の Edgar Allan Poe Gedichte を、種々利用させて戴いた。その他の點については友人松下和則氏、三浦朱門氏の手を煩わした。それから閑あるごとに部屋にとじ籠り、ポオのあの奇態な、朦朧《ぼんやり》とした、仄暗い幻覺の世界にいつしか私も棲みながら、この新大陸の妖しい花園にうつけて、いつ知らず幾月かを過したのである。

十年の昔、私が無頼な詩を書いていたころ、私もポオ的な世界に住んでいたらしい。慰みに、ここに昭和九年の「詩法」に載せた詩の一篇を曳いてみよう。

鷺

へるん、へるん——

黄金《きん》の梯子のように揺れているのがおまえなのか。おまえの火のような視線に燒かれて、ミモザよ、薄荷草よ。街路樹の木の蔭には一本の黄金の梯子が燃えおちる。……

そのとき、咲きみだれる夜氣の中に、二人の從妹《いとこ》はひざまずく。

おまえたちはあの細やかな梯子の焼けおちる音を聞いたのであろうか。それとも焼けおちたのはこの僕の背骨なのであろうか。おまえの目は盲いている。おまえ等は只しずかに朱色の總に飾られた寝臺の上に接吻《くちつけ》をする。點々と、花總のように。少女等のみだれる毛髪は雪の匂がする。

そのとき僕は中天《ぞら》にすきとおる梯子の上を緋色のまぼろしの果もなく群り降りるのを見ている。枝垂れる黄金色の細綱からずり落ちる、……ずり落ちる密やかな音がする。傴僂《せむし》の影がまぼろしのようにずり落ちる。僕は怖ろしさに目を蔽う。……

街路樹の蔭で小鳥が無言にパイプを燻《くす》べている。

ああ、青春は空しく夢みて過ぎる。私はまこと、十年の昔、身の程知らず、ポオ的な世界に起伏していた。茫々と悲しく過ぎた私の青春の日々。人々も嗤《わら》えかし。併し、嗤つた後に何がのこる。時間のからと言うもの程この世の中に悲しいものが外にあろうか。ポオの藝術の美しさは時間の空しさを自覺させる、切なく烈しい悔恨のなかにある。さらば、人々よ、ひとたび疲れたる目をあげて、この不思議なる、眞晝の幻のいくつとなく浮ぶ、瑰麗の海に解纜《かいらん》し給わんことを。

昭和二十三年十二月

武藏野にて　譯者

新潮文庫最新刊

山崎豊子著
沈まぬ太陽
(一)アフリカ篇・上
(二)アフリカ篇・下
人命をあずかる航空会社に巣食う非情。その不条理に、勇気と良心をもって闘いを挑んだ男の運命。人間の真実を問う壮大なドラマ。

乃南アサ著
ボクの町
ふられた彼女を見返してやるため、警察官になりました！　短気でドジな見習い巡査の真っ当な成長を描く、爆笑ポリス・コメディ。

江國香織著
ぼくの小鳥ちゃん
路傍の石文学賞受賞
雪の朝、ぼくの部屋に小鳥ちゃんが舞いこんだ。ぼくの彼女をちょっと意識している小鳥ちゃん。少し切なくて幸福な、冬の日々の物語。

ビートたけし著
菊次郎とさき
「おいらは日本一のマザコンだと思う」——。「ビートたけし」と「北野武」の原点がここにある。父母への思慕を綴った珠玉の物語。

中山可穂著
サグラダ・ファミリア［聖家族］
響子と透子。魂もからだも溶かしあった二人は、新しい〝家族〟のかたちを探し求める——。絶望を超えて再生する愛と命の物語。

高橋昌男著
饗宴
二十二年間、大切に積み上げてきた「家族」という名の城。それが壊れたのは、あなたのせいでも、私のせいでもない。衝撃の長篇。

Author: Edgar Allan Poe

ポオ詩《し》集《しゅう》

新潮文庫　ホ - 1 - 3

昭和三十一年十一月二十日 發行
平成十三年十一月二十五日 四十九刷

譯者 阿《あ》部《べ》保《たもつ》

發行者 佐藤隆信

發行所 株式會社 新潮社

郵便番號 一六二―八七一一
東京都新宿區矢來町七一
電話 編集部(〇三)三二六六―五四四〇
讀者係(〇三)三二六六―五一一一

價格はカバーに表示してあります。

亂丁・落丁本は、ご面倒ですが小社讀者係宛ご送付ください。送料小社負擔にてお取替えいたします。

印刷・株式會社金羊社　製本・憲專堂製本株式會社

ISBN4-10-202803-X C0198